句集

澄める夜

こがわけんじ

紅書房

句集
澄める夜

句集　澄める夜

目次

章扉絵＝ヤマタカ・マキコ

心語一如から真実深想へ
――こがわけんじ『澄める夜』讃

石　寒太

　こがわけんじさんのはじめての句集『澄める夜』が上梓された。おめでとう。この二十数年の成果を、こころより喜んでいる。三百十六の句の中で、一句だけあげるとすると、むずかしいが、

詩を閉づるやうに逝きたし花ミモザ

が好きである。

　この句は少し饒舌である。また「やうに」も如何か？　でも、いまのこがわさんの心境が、いちばんよく表れているように思う。

　こがわさんと私はほとんど同世代である。だからよけいにこの句に、共感できる。小川軽舟氏の句で、〈死ぬときは箸置くやうに草の花〉がある。この句の方が

シンプルであるが、やはりこがわさんとしては、もっといろいろ踏み込んで自分のこころを述べたかったのであろう。

「花ミモザ」の明るさがいい。「詩を閉づる」とは、ストレートに言うと俳句であるが、彼の創作活動のすべて、もっといえば文学全般であり、さらに彼の生き方そのものにまでひろがる。そして「詩」が死をも意味することにまでつながっている。そんなときに原色の黄色い明るい花をつけた「ミモザ」の下に、ことばやいのちを収して閉じていきたい、そんな意味であろうか。西行は花の下に……、といったが、まだまだ若いこがわさんにしては、「花ミモザ」の方がよく似合うだろう。

この句集の題名は『澄める夜』とした。こがわさんらしい。彼は夜を好む。物音ひとつしない静謐さの中にたったひとり身を置いていると、いろいろな思索が思い浮かんでくる。かれはそのこころの翼をはばたき、自由に星空を飛翔し、詩が沸きあがって生まれてくる。それが楽しい。読者もこがわけんじの幻想世界に、誘われていくのである。

しかし、「夜」であるから現実の真昼間とは異なる。彼のこの創作活動には、かなりのこだわりがある。人間の現実生活には霽(はれ)れの朝もあれば褻(け)の夜もある。暗い朝もあれば明るい夜もある。二分すると、彼は褻の側、暗い重い方に傾いている。

今度の句集を俯瞰してみると、翳、濁、影、鬱、傷、遺、暗、疑、喪、亡、闇、敗、葬、病、疵、剥、尽、難、無、欺、重、逝、悔、弔、惜、閉、不、悲、忌などの文字が目にとび込んでくる。これだけ眺めてみただけでも、この句集の一面がうかがい知れる。弱者に味方、負の部分に加担する。

否定形の句が多く、忌日の句が目立つのも、この句集のひとつの特色になっている。朱鳥忌・茂吉忌・中也忌・不器男忌・賢治忌・朔太郎忌・耕畝忌(山頭火)・茅舎忌などが見え、波郷忌(惜命忌)などもある。特に石田波郷を詠んだ忌の句が多い。波郷と波郷忌の句を、三句あげてみる。

白椿波郷の空となりにけり
波郷句碑冬蝶あをき翳なせり
惜命忌つがひの尾長翔ちにけり

波郷は尾長が好きで、その全集をみると三十七句ほど詠んでいる。三句目はその波郷をよくとらえていよう。

俳人は忌日の句をよく詠むが、忌日句は特にむずかしいといわれる。それはただ逝った人名を入れればいい、というわけではない。その忌日句に生きていた人物が彷彿と浮かび上がって句に生きていなければ、本当の忌日の句とはならないからである。こがわさんの数多い忌日句は、いまここにひとつずつすべてをあげることはしないが、その風貌と季語がよく効いている句が多く、感心する。

人物像も多い。句集を読むと、こがわさんは、作家では井伏鱒二、小川国夫、梶井基次郎、詩人では萩原朔太郎、俳人では、加藤楸邨、石田波郷、高野素十、阿波野青畝らが好きらしいことが分かる。このあたりも私とほぼ同じで好ましい。その中から井伏鱒二、萩原朔太郎を二句あげてみる。

つづれさせ机の上の「黒い雨」
木下闇朔太郎忌の白き椅子

一句目は、井伏鱒二の『黒い雨』がテーマ。広島の被爆者を扱いながら、感情を抑えつつ日誌風に記録した小説。俳句的日録ともいえる。それを机上で愛読している秋の夜長の「つづれさせ」。二句目は『青猫』『氷島』などの暗い重厚な詩集を持つ萩原朔太郎。「木下闇」の中の「白き椅子」が、その朔太郎とよくマッチしている。この「白」は、こがわさんが芭蕉と同じように、もっともよく好む色彩のひとつであろう。

句集は年代順に、全六章に分かれているが、章題の中にも第三章「白き闇」、第五章「白き椅子」がある。この朔太郎の「白き椅子」は五章目の題にもなっているように、作者好みなのであろう。白の次に多いのは青である。その他、緋・黄などは一句ずつあるが、他はほとんど白か青に集中している。このあたりにも彼の好みが鮮明である。

青は「蒼」「碧」「藍」「あを」など、いろいろのディテールを詠んでいる。白は純白、無垢のいろ。清潔潔癖なこがわさんらしい。数が多いので、白・青の特に父母の二句だけを引いてみよう。

眠るたび遠ざかる母白牡丹
紫陽花の藍の沸点父逝けり

はからずも追悼の二句となったが、彼は父母そして兄には特別の想いが深く、殊に父母の句はあちこちに散見できる。父の句としては、もう一句、

初霜や高き梢より父の声

がある。明治生まれの父へのオマージュである。私の俳句の師・加藤楸邨作の好きな句に、〈冬の浅間は胸を張れよと父のごと〉がある。楸邨は二十歳で父を喪ったその眼差しであるが、こがわさんのそれは六十九歳という父への思い。その尊敬のちがいが、大らかに伝わってきていい。

母の「白」、父の「藍」が色の象徴として表れている。

妻への句は一句しか入集していない。

秋の燈や妻に借りたる独語辞書

ここがいかにもこがわさんらしい。含羞の彼らしいところ。子も孫も溺愛しているわりには一句もない。

私はつねづね、俳人には恥じらいがなければ本物ではない、そう自負している。本当は妻子や孫にもっとも心を寄せていながら、句に詠まないところが、彼である。私はその姿勢を、好ましくも思う。

こがわさんは他にも音楽や絵画への造詣が深い。それもこの句集の特徴のひとつで触れたかったが、読者それぞれの好みで鑑賞して欲しい。いい句が満載している。

さて、「炎環」は創刊以来「心語一如」をモットーとしている。「炎環」は、言葉にも情趣にもかたよらず、内から噴き出してくる心を、一度沈め、自分のかけがえのない言葉でいまを表現する人々の集まりである。すなわち〝心語一如〟を標傍している。

その正統派がこがわけんじさんであることを、この句集が証明してくれている。不器用で頑固ではあるが、自画像としての彼が、この句集の中に厳として存在している。

言の葉に伝へ得ぬこと白牡丹

まっさらな白牡丹、それに時代の色を与えていく、それが彼の役目であると思っているのか。伝えようとしていくこがわさんの意志が、確かにこの句集に見える。

ことばは所詮、風に舞い散る葉片にすぎない。そのときどきのありようをことばに固定化していく。喜怒哀楽それぞれの真の感情を吸収し、詩に昇華している。そして自分の真のこころとひとつになった時に、本当のその人の詩となって結晶する。

はじめはことばに頼っていたこがわさんも、次第に心語がひとつになり、本物となっていった過程が分かる。

いまや俳句が、こがわさんの本当の伴侶となっている。

重く暗い負の中にも、明るい明日のある句、ふっともれて出たユーモラスな句などもいくつか見える。そんな句に出会うとほっとする。最後にそんな句のいくつかを添えて、この序のしめくくりにしたい。

梨の花まだぬれてゐる空のあり
小春日やドン・キホーテの忌を知らず
うふふふふ座敷わらしや寒の水
バッハ流るる窓の高さに春の虹
三十三才父の三十三回忌

枇杷の花母の好みしルノアール
体型の戻る体操木の芽風
菜の花や饒舌となる夕ごころ
思ひつく素数のいくつ月おぼろ
皆やさし眼差となる良夜かな

再び記す。こがわさん、句集上梓心よりおめでとう。

令和の、コロナ感染が拡大しつつある夜に。

第1章

式部の実

梨の花まだぬれてゐる空のあり

逆縁の母のクルスや式部の実

身を飾る言葉はもたず実万両

ぽろぽろと言葉の骸春の雪

ごそごそとヴァレリーの文字夜半の春

雪柳風のことばを覚えけり

心にも満ち干のありし柿若葉

歳月のとほき淵より青葉木菟

虹立ちてビルは昏さを増しにけり

放蕩のこころ兆せし柘榴の実

鬱病の白鳥一羽星揺るる

神の子の触れたる翳や冬菫

冬虹のくだけし虚空カフカ論

花の坂持てあましたる夕ごころ

梅雨の月心に咎のなき日なり

沙羅の花父に問ひたきことひとつ

鰺刺の高くは飛ばず母病む日

白桃や水に沈みしひとり言

蝦夷らの脆き窟や秋の聲

夭折の詩人の文字や水の秋

還暦のたたかふこころ龍の玉

死に近きひとのピアスや星冴ゆる

口笛の半音低し冬帽子

遺されし杖の軽さや冬木の芽

風強き野辺の送りや榛の花

リラ冷えやカフカの街の橋いくつ

花樗壮年音もなく了はり

夏木立病歴欄の文字ふたつ

かなかなや激しく人を憎みをり

悼吉村昭

白湯呑むや海の暮れきる夏の果て

水澄むや復刻版のシベリウス

読めぬ名の神拝みゐし烏瓜

発心の早くも挫け梅もどき

白椿波郷の空となりにけり

冬苺流離めく日のルオーの絵

着膨れて己疑ひはじめけり

父も母も遺言のなし榛の花

物置かぬ母の文机花の冷え

花うばら風のあはひの母のころ

若葉風人に見えざるもののあり

暗きもの身内に溜り青き蔦

父の忌やゆつくりよぎる山の蟹

寒き夏イーハトーヴの風の音

描きかけの裸婦の頤稲の花

平坦な道選びけり雁来紅

アテルイの遠き雄叫び曼珠沙華

馬子唄や早池峰山の水澄めり

秋の虹賢治の郷の土匂ふ

蔵ひとつ杜氏の村の流星雨

梨の花去りゆくものに人と水

第2章

初霜

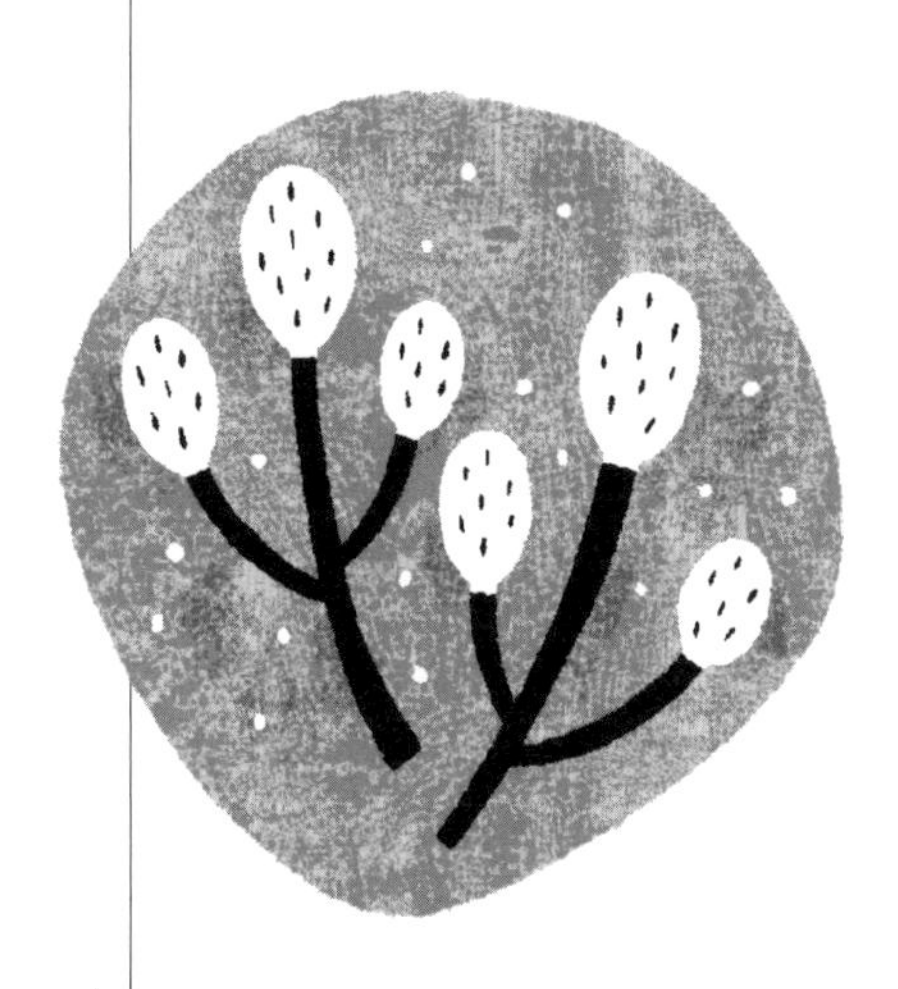

小春日や手で交はしあふ死のはなし

消えやすきことば記さむ朱鳥の忌

見つむるもひとつの戦草城忌

亡き人とともに見てゐし春怒濤

うららかや蒼き口あく石の犬

送る日の低き空より初音かな

白牡丹母へひとつの忘れもの

水芭蕉傷つきやすき空の色

島びとのこゑやはらかし青葉風

茉莉花や叱られてゐる夢のなか

ががんぼや津軽の闇のかむさり来

立葵少女の読める「蟹工船」

基督とすれ違ひたり夜の秋

水澄める川に溶けゆく言葉かな

石英の触れ合ふ音や賢治の忌

骨留めしボルト一本牡丹植う

こころにも夕暮のあり鶏頭花

冬晴れや十七歳の喪主の声

初霜や高き梢より父の声

波郷忌や劫々空と鳩の声

もの生まぬ両手の重さ冬の月

綿虫や土に安らぐ夫婦句碑

円空の鉈過たず冬日影

人憎むこころ失せけり冬青草

遺さるる描きかけの顔春の雲

木の芽風見知らぬ町の通夜の列

犬埋めし跡の風船葛かな

疲れたら休めと吾へ蔓

入院のメール一行ジギタリス

軽鳧の子の親を離るる速さかな

言の葉に伝へ得ぬこと白牡丹

遺されし写経の滲み花うつぎ

身を浸す静かな時間桐の花

彼岸よりやはらかき声白牡丹

亡き人と諍ふ夢や柿若葉

死に近き人のほほゑみ夏の空

茉莉花やこころ餓（かつ）ゑし夕まぐれ

過去を呼ぶ蛙の声や闇の底

アマリリス身内に生れし老の影

樟若葉自由に死ねと風の音

大志なき肩の薄さよ朴の花

鬱の日や虹のかけらを纏ひたし

花うばら直訴の川の光かな

夏薊母音の強き嫗たち

水晶の淡き濁りやたかしの忌

薄暑光こころの端に敗者の弁

白南風や巨きく見ゆる波郷の碑

星月夜憧れてゐる樹木葬

約束の散骨の海今朝の秋

いつよりの心のひづみ夏燕

秋空や想ひこもらぬペンの先

けふ生きし証しありけり檀の実

茨の芽蕪村蘭亭曲水図

山びことなりし兄の名山桜

第3章

白き闇

日のあたる心の家路石蕗の花

ありし日のほほゑみひとつ冬桜

病持つ人の旅信やみそさざい

シクラメン仮退院の椅子ひとつ

時間よりこぼれし心寒紅梅

夏蜜柑父の訛の甦り

仮退院猫と見上ぐるしゃぼん玉

アレグロの後のアダージョ冴返る

白牡丹石に命のありにけり

新樹光点字聖書へ少女の手

柿若葉埴輪の眼もて見つめらる

全集を売りきし家路雪加鳴く

柚の花や川へ向きたる父の墓

青柿や返せぬままの「井月集」

千年の菩薩の笑みや今朝の秋

銀木犀母とはぐれし夢の中

小春日やドン・キホーテの忌を知らず

サルトルもカミュも遠し三十三才

冬の蝶ゆうらりふれし素十の碑

卓上の「芭蕉の山河」霜のころ

剝落の遊女の墓や冬珊瑚

遺されし写経一巻春の霜

無人駅の点字案内冬晴るる

フレスコ画の青き聖人春の星

連翹や小さき母へ浄め塩

透きとほる身内の老や白牡丹

朴の花父より受けし遠目癖

声明のあをきひびきや梅雨の明け

紫陽花の藍の沸点父逝けり

七月やラスコーリニコフ佇ちし闇

かなかなや水のごとくに予後の母

葛の花むかし夕暮匂ひけり

澄みゆける初老の刻や鶲のこゑ

遺されし篆刻ひとつ蔦紅葉

美しきものを見てをり惜命忌

読みさしの聖書へひとつ冬の蠅

うふふふふ座敷わらしや寒の水

茂吉忌や白き闇吐く梅林

産土の青き墓石や木の芽風

初蝶や方解石のうすぐもり

永き日や洗車の水の遠く跳ね

バッハ流るる窓の高さに春の虹

胸底のあをきみづうみ新樹光

夏つばめ古利根青く動かざり

しやがの花飛び石一つ病みにけり

えごの花散らし波郷の尾長二羽

六月や小瓶の割るる白き音

秋立つや母の硯のあをき疵

稲の花賢治の空の深さかな

銀木犀じやうずに曲がる車椅子

第4章

薄氷

追憶の青き淵よりやんまかな

みちのくやまことの草の実の満てり

人呑みし淵動かざり小鳥来る

寒明や亡き人ふたり出でし夢

掛け替へし父の写真や浅き春

雪解風ブナの森より賢治来る

目つむりてマーラー五番弥生尽

父の忌の白き太陽凍ゆるぶ

春の日やカランと青き汝の骨

クリムトの金の接吻春の霜

献体を聞かされし朝柿若葉

車前草の花のそよぎや爆心地

茉莉花や窓よりマタイ受難曲

禅寺の石病みにけり花擬宝珠

サングラスはづし無言館への小径

枇杷熟るる子の哀しみを頒ち得ず

たましひの傷みし刻や緋のダリア

野ぶだうやイーハトーヴの風の音

銀木犀ラフマニノフの「悲歌」降りぬ

秋蝶の光ほどけし高さかな

夫婦句碑綿虫あをき翳曳けり

ポインセチア己欺く一語欲り

シャガールの夜空に翔ちし冬の雁

薄氷のあをき気泡よ兄の忌来

春愁やマリオネットのあかき鼻

真つ黒にぬり絵つぶす子櫻まじ

初つばめ影の重たき素十句碑

草餅や白き窓よりシベリウス

人麻呂の言霊降れよ花令法

紫陽花や父逝きし日と同じ空

手花火や身内に刻の流れゆく

晩夏光父の墓石の青さかな

我もまたカインの裔や秋の雲

星月夜かすかにマタイ受難曲

稲光賢治の詩のオノマトペ

静止する盲導犬や榠樝の実

菊の香や落書消さぬ子の机

三十三才父の三十三回忌

後悔の沸点にあり冬うらら

枇杷の花母の好みしルノアール

礫像の十字架あをし冬日燦

ポインセチア少し厭へるわが性よ

シャガールのあをき馬ゐし冬の空

オルガンの銀のパイプや日脚伸ぶ

春近き窓辺やヨハネ受難曲

体型の戻る体操木の芽風

第5章

白き椅子

兄の忌やあをき氷柱の影長し

菜の花や饒舌となる夕ごころ

すれちがふルオーの聖女梅月夜

墓標なす樫の木ひとつ風光る

定まれる二人の距離や葱坊主

蔦若葉口をつきたる「而今」の語

ハミングの半音はづれ春の雲

リラの花旅の嫌ひな漂泊者

礫像の重ねし脛やおぼろの夜

たんぽぽや風のめくりし「黙示録」

思ひつく素数のいくつ月おぼろ

柚の花や母の遺せし歌日記

緑さす鳥類図鑑細密画

「イマジン」の流るる夜や冷奴

たましひの星へ近づくケルンかな

百日紅慶弔同じ服を着し

死の怖れうすれてゆきし大夏野

青鷺やこころの凪を欲りてゐし

青ぶだう闇脱ぎゆけり通夜の窓

秋の燈や妻に借りたる独語辞書

パソコンの起動の遅し法師蟬

草ひばりこころの枷のなき朝

稲の花母に戻りし国訛

皆やさし眼差となる良夜かな

稽田や風の足跡きらきらす

黄のカンナ会話に増えしいのちかな

透明なこころの疵よ賢治の忌

物足りぬ特集記事や秋暑し

ななかまど卒寿の母の鼻濁音

セシウムを負ひし牛の瞳雁来紅

漱ぎゐる水の硬さや耕畝の忌

花柊老いし孔雀に尾の力

蒼あをと心の熾や冬の鵙

「ゲルニカ」の伝へしいのち冬薔薇

惜命忌しづかに水の湧きてゐし

宅配の走る少女や冬の寺

ポインセチア悔といふ字に母のをり

触れてみる点字書籍や薄紅梅

残雪やまことのことば探しつつ

競輪の歓声はるか吊し雛

詩を閉づるやうに逝きたし花ミモザ

「除染済み」の貼り紙ひとつ初桜

榛の花なかなかなれぬデクノボー

苧環やがらんどうなる母の庭

研ぎあげしナイフのひとつ春夕焼

木下闇朔太郎忌の白き椅子

第6章

光の微塵

シューマンの病める調べや春灯

眠るたび遠ざかる母白牡丹

白薔薇やかすかに湿る黙示録

日の終り森の匂ひの夏帽子

色変へぬ紫陽花ひとつ父の忌来

少年の展翅の指や夜の秋

「惜命」ひらく机の上の残暑かな

朝顔の藍の黙しよ母の忌来

鰯雲こころに蒼き馬の息

秋空を駆けし天馬よ我攫へ

銀杏落葉跡やはらかきベビーカー

触手話の若き二人よ冬珊瑚

凍蝶や空へ流るるヴィヴァルディ

薄氷や鶏鳴遠く不器男の忌

風光るベートーヴェンのデスマスク

礫像の浮きし肋や春の雪

人とやや離れて行かむ梨の花

マタイ曲の心療内科濃山吹

子の部屋の古りし五線譜えごの花

「革命」のショパンの呼吸合歓の花

駅前のシュプレヒコール梅雨の月

茅舎忌の闇の溶けゆく露ひとつ

青田風予後の母の瞳きらきらす

白露やひとり聴きゐる草のこゑ

桔梗や黙禱長き胸の声

濁りなきこころの炎樗の実

まんじゆさげ記憶の襞の小さき傷

水彩のあをきイエスや朱鳥の忌

春潮や高く掲げしこころの帆

春の雲古書街歩く達治の忌

広瀬川朔太郎碑へ青き風

透明な月の微粒子修羅の背

惜命忌つがひの尾長翔ちにけり

三輪山の青畝の句碑や冬の月

中也の忌去るものなべて光帯ぶ

石蕗の花鮫のやうなる人とゐし

波郷句碑冬蝶あをき翳なせり

タゴールの祈りのことば枯木星

牛の瞳の潤み深まる淑気かな

雪嶺へ光の微塵不器男の忌

薄氷の罅の金色茂吉の忌

啓蟄の空の匂ひや車椅子

喪の家の日差しの匂ひオキザリス

暮の春パステルで書く夕爾の詩

剥落の鮭地蔵尊花かへで

俯ける面影ひとつ薔薇の雨

砂の音人傷つけし秋の午

ひとり夜のいのち惜しめよ薔薇深紅

卓上の「ギリシャ悲劇」よ緋のダリア

サングラス磐城の海の硬さかな

曼珠沙華心療内科よりの径

冬の朝マコトノクサの風の中

修羅の黙秘めたる雪の青さかな

グノー聴く人疎ましき春の午後

シベリウスの白き滾りや月涼し

柚子の花朔太郎忌の夜の透き来

無明よりこぼれてゐたる海月かな

「星月夜」のゴッホの鼓動夏了る

被爆二世の朗読会や秋夕焼

つづれさせ机の上の「黒い雨」

侘び寂びの遠くにありし曼珠沙華

月夜茸遠く流るるヴィヴァルディ

シューマンの沸点にゐし冬の月

老猫の闇なめてゐし雪の音

ひかり降るやうに雨来し不器男の忌

イーハトーヴの土の匂ひや山毛欅芽立

シューベルトの蒼きパトスよ春の夜

白山吹おもかげのこる風の中

花楓こころの窓を少し開け

カロッサの詩へふたたび晩夏光

あとがき

私の家から歩いて四十分ほどの所に、山王と呼ばれる地区がある。現在は合併して取手市になっているが、かつては茨城県北相馬郡山王村といった。ホトトギスの代表的俳人・高野素十の生誕の地である。その山王公民館の庭に巨大な自然石を用い、いかにも素十らしい筆太の字を彫った「ふるさとを同うしたる秋天下」の句碑が建っている。しかし、この句碑を訪れる人は殆どいない。私はこの句碑の、巨大で頑固そうな、素十そのもののような佇まいが好きで、時々散歩がてら立ち寄っている。そして、誰もいない句碑の前で、「俳句とは何だろう」などと、考える。時は移り人が変わって、訪れる人も無くなることを、素十は承知していただろう。しかし、そのような事は彼には全く関係なかったにちがいない。己の俳句を信じ、衿持をもってこの大地に屹立していたにちがいない。でなければ「我去れば沛然と喜雨到るべし」などという句は詠めなかっただろう。

もとより、素十のような大俳人と自分を比べてみること自体が愚かなことではあるが、私はこのような、己の句に対する自信は無い。いつも何か自分の句には足りないものがあるのではないか、と思っている。しかし、なぜか俳句が好きなのである。少しオーバーに言えば、今の自分には俳句の無い人生は、とても考えられなくなってしまった。

石寒太先生が『炎環』誌のコラム「寒太独語」で、

俳句は誰のためにつくるか？　自分のため。自分のいのちの証。

一瞬の自分のいまを、書きとめるのである。

句会で大勢の人から点を集める、賛同を受けるためではない。

点が集中するのは、うれしいが、そんなものは一時のこと。

うまくつくれなくてもいい。自分が納得できたら、それが最高。


と書いておられる。

私はまだまだ自分の句に納得できる段階まで至っていないが、「自分のいのちの証」というフレーズは心に沁みる。この語を拠り所にこれからも精進していきたい。未熟な私ではあるが、この七月で七十五歳になった。ひとつの区切りとして句集を上梓する決心をした。

この句集を編むにあたり、石寒太先生から序文で過分のお言葉をいただいた。深い感謝の念とともに、身の引き締まる思いがしている。また、いろいろと多忙な中、編集業務すべてを丁寧に進めて下さった丑山霞外編集長、そしてややもすれば怠け癖の出がちな私を、温かく励まし、背中を押してくれた俳句の仲間たちに、心よりお礼を申しあげる。
最後に、私のずいぶん我儘な俳句づくりを、ずっと支えてきてくれた妻・純子に、改めて感謝の意を表したい。

令和二年十月

こがわけんじ

❖著者略歴

こがわけんじ（本名・粉川研二）

一九四五年　栃木県足利市に生まれる
二〇〇〇年　この頃より俳句に関心をもち、句作を始める
二〇〇四年　炎環入会
二〇〇八年　炎環同人　現在にいたる

〔現住所〕
〒三〇二―〇〇三一
取手市新取手五―二一―九

炎環叢書　6

句集　澄める夜

二〇二〇年一一月一七日　第一刷発行

著者……こがわけんじ
編者……炎環編集部（丑山霞外）
造本……鈴木一誌＋吉見友希
発行者……菊池洋子
発行所……紅書房
東京都豊島区東池袋五－五二－四－三〇三
郵便番号＝一七〇－〇〇一三
電話＝（〇三）三九八三－三八四八
FAX＝（〇三）三九八三－五〇〇四
ホームページ……http://beni-shobo.com
印刷・製本……萩原印刷株式会社

紅書房

ISBN978-4-89381-338-1　C0092